Un été en roulotte

Du même auteur, dans la même collection :

L'amour c'est tout bête
Une potion magique pour la maîtresse

Gilles Fresse
Illustrations de Yann Hamonic

Un été
en roulotte

RAGEOT

À Dom, à LaVéro et à l'autre zozotte.

Cet ouvrage a été imprimé sur un papier
issu de forêts gérées durablement,
de sources contrôlées.

Couverture : Yann Hamonic.

ISBN : 978-2-7002-3939-3
ISSN : 1951-5758

© RAGEOT-ÉDITEUR – PARIS, 2012.
Tous droits de reproduction, de traduction et d'adaptation
réservés pour tous pays.
Loi n° 49-956 du 16-07-1949 sur les publications
destinées à la jeunesse.

La poulette russe

Le grand soir est arrivé. Dans quelques minutes, nous allons savoir. Dix ans que j'attends ce moment. Autant dire que je suis aussi excité qu'un bataillon de puces à la recherche d'un chien à poils longs pour y passer l'hiver au chaud.

Nous sommes tous les cinq assis autour de la table ronde du salon. C'est toujours là que la séance annuelle de poulette russe se déroule. Papa affiche un air sûr de lui qui m'énerve.

Qu'est-ce qu'il croit ? Qu'il va gagner comme les trois années précédentes ?

Maman, elle, semble se moquer du résultat. Elle est surtout préoccupée par Marie, ma petite sœur de sept mois, qui trône dans sa chaise haute en essayant de mordre – elle n'a que deux dents – dans une cuillère qu'elle ôte de temps en temps de sa bouche pour taper violemment sur le plateau devant elle.

Clara, mon autre sœur, la grande celle-là, paraît encore plus stressée que moi. Elle a le droit de participer au jeu depuis quatre ans mais elle n'a encore jamais gagné et chaque défaite la met dans une rage qui s'accroît au fil des années.

Pour une fois, les écouteurs de son MP3 pendent sur le devant de son tee-shirt au lieu d'être plantés dans ses oreilles. C'est vous dire si l'instant est important. D'habitude, elle ne les quitte pas. Je me demande même si elle les enlève sous la douche…

Papa affirme en riant que si tous les ados sont comme elle et s'ils persistent à se visser ces trucs dans les oreilles, l'espèce humaine ne tardera pas à entamer une mutation : les bébés de la prochaine génération naîtront avec un pas de vis dans des oreilles qui deviendront absolument minuscules puisque quasi inutiles.

Je lorgne obstinément la poulette russe posée au centre de la table, lui adressant des suppliques silencieuses :

« Ma petite poulette bien-aimée, je t'en prie, fais que ce soit moi qui gagne. Désigne-moi et tu auras ma reconnaissance éternelle ! Promis, j'irai te voir dans ton armoire, je te parlerai. Mieux que ça, je te dépoussiérerai régulièrement. Parole de Jules ! »

Je crois que quelques mots d'explication s'imposent à propos de la poulette russe.

Poulette d'abord. Évidemment, ce n'est pas une vraie poule avec des ailes, des ergots et un bec. Celle-là ne caquette pas et ne pond pas d'œufs.

Non, c'est juste une grande flèche sur laquelle est dessinée une poule rousse fixée à un plateau de jeu.

Au milieu de la flèche, il y a une poire en plastique. En appuyant dessus, on envoie de l'air sous le plateau et la flèche se met à tourner plus ou moins vite et longtemps en fonction de la pression exercée. Elle finit par s'arrêter face à un pion qui est retiré du plateau. Le gagnant est celui ou celle dont le dernier des quatre pions reste en vie.

Russe maintenant. Tout simplement parce que O'Pa, le père de papa, a acheté le jeu à un Russe sur une brocante. Il l'a baptisé poulette russe pour faire un jeu de mots avec l'autre célèbre jeu : la roulette russe. Enfin, si on peut appeler ça un jeu puisqu'il s'agit de mettre une balle dans un barillet de revolver et d'appuyer sur la détente jusqu'à ce que l'un des participants se brûle la cervelle...

Si tant est qu'on ait une cervelle pour participer à un jeu aussi idiot!

Pourquoi une telle excitation, me direz-vous? Pour une simple partie de poulette russe? Non, c'est bien plus que ça. Devant chacun de nous, est posé un papier plié en quatre. Et sur ce papier, chacun a écrit le lieu où il désire passer les prochaines vacances.

Celui qui gagne à la poulette russe est par conséquent celui qui décide de l'endroit où la famille entière passera les trois semaines de vacances d'été.

Papa a gagné les trois dernières fois. Comme il n'est jamais à cours d'imagination, ses victoires successives nous ont amenés :

~ la première fois à traverser les Pyrénées à dos d'âne (on s'est ennuyés et on avait tous mal aux fesses) ;

~ la deuxième fois à traverser la Manche sur un petit voilier (on s'est ennuyés et on avait tous le mal de mer) ;

~ la troisième fois à traverser le parc des volcans d'Auvergne à pied (on s'est ennuyés et on avait tous mal aux mollets).

Avec papa, il s'agit toujours de traverser quelque chose sur quelque chose et cela finit à chaque fois de la même manière : par de l'ennui et un mal quelque part !

Il fallait donc absolument éviter que papa gagne à nouveau. Plus facile à dire qu'à réaliser car il maîtrise la poulette russe comme un vrai professionnel. Je le soupçonne de s'entraîner la nuit quand la maison est endormie.

Mais, cette année, pour ma première participation, je compte bien le battre. Mes quatre pions jaunes se dressent fièrement. Clara a les verts, maman les blancs et papa les noirs.

Le tirage au sort a désigné Clara pour jouer la première. Elle appuie sur la poire et élimine un noir. Papa accepte la chose avec fair-play.

J'actionne la poulette à mon tour et, de nouveau, je frappe fort : encore un noir. Cette fois, papa ne peut s'empêcher de grimacer et de souffler bruyamment par le nez, ce qui, chez lui, est un signe d'énervement évident.

Maman est vraiment gênée après que son coup de flèche assassin a éliminé le troisième pion de papa qui ne peut cacher sa colère :

– Vous vous êtes tous unis contre moi hein, c'est ça ! Je suis l'homme à abattre !

– Bien sûr que non, mon chéri. C'est le hasard, juste le hasard !

Je donne un coup de pied sous la table à Clara. Elle me répond par un clin d'œil qui signifie : « On va l'avoir, Jules ! On va l'avoir ! »

Je ne suis que très rarement d'accord avec ma sœur : je me bats contre elle la plupart du temps. Mais, les plus fins politiques vous le diront, il faut savoir s'allier à un ennemi pour vaincre un autre ennemi plus terrible.

C'est au tour de papa de jouer et, comble de malchance pour lui et de bonheur pour nous, il élimine lui-même son dernier pion. Eh oui, c'est possible à la poulette russe !

Clara ne réussit pas à contenir sa joie et elle pousse un YES retentissant en levant ses bras victorieux.

– Oh, ça va, ça va ! lui assène-t-il d'une voix qui peine à garder son calme. Ce n'est qu'un jeu après tout !

Clara remue le couteau dans la plaie béante :

— Oui ! Un jeu de hasard...

La partie reprend. Après quelques coups, Clara est éliminée. Papa ne résiste pas à la tentation de prendre sa revanche :

— Ce n'est pas grave, ma grande fille chérie, ce n'est qu'un jeu de hasard...

Clara lui jette un regard méprisant et, sans commentaires, elle remet ses écouteurs à leur place, c'est-à-dire dans ses oreilles. J'ai pitié d'elle un bref instant : cinq participations et cinq défaites ! La pauvre. Nous ne passerons pas nos vacances là où elle rêve de les passer à savoir dans un mobil-home situé dans un camping quatre étoiles avec une grande piscine, une boîte de nuit, plein de copines et, surtout, plein de beaux adolescents bronzés qui se battront les uns contre les autres pour conquérir son amour.

Maman et moi, puisqu'il ne reste plus que nous deux, nous poursuivons notre duel. À la fin, nous n'avons plus qu'un seul pion chacun.

C'est à moi de jouer. Je souffle longuement avant d'écraser la poire de mon index. Vais-je, dès ma première participation, connaître la victoire ? Il paraît que ce n'est pas rare, on appelle ça la chance du débutant.

Aussitôt la pression exercée, je comprends que j'y suis allé un peu fort. La flèche tourne, elle ralentit et s'immobilise finalement face à mon dernier pion.

Je me suis éliminé moi-même. Impossible de reporter ma rage sur quelqu'un d'autre !

Maman n'a pas la victoire triomphante :

— Alors, c'est moi qui ai gagné ? demande-t-elle d'une voix étonnée.

— Oui, ma chérie, c'est toi. Déplie ton papier.

Ses longs doigts fins saisissent la feuille posée devant elle. Papa met ses lunettes, Clara ôte ses écouteurs et j'enterre ma déception au fond de mes poches avec mon mouchoir par-dessus. Elle ouvre le papier et lit la phrase qui y est écrite :

« Voir la feuille de papa. »

— C'est pas juste ! hurle Clara.

— C'est parfaitement autorisé par les règles du jeu, rectifie papa en se frottant les mains.

Moi, je me dis juste : tout ça pour ça. Je n'ai pas le temps d'approfondir mes réflexions car papa, après un raclement de gorge triomphal, nous lit déjà notre prochaine condamnation à traverser quelque chose sur quelque chose.

– Traverser les Vosges dans une roulotte tirée par un tracteur.

Même maman, habituée depuis longtemps aux idées farfelues de son mari, ouvre sa bouche en grand. Moi, je me demande dans quelle partie du corps on aura mal à cause de la roulotte ou du tracteur.

Quant à Clara, elle se lève et regarde papa en secouant la tête de droite à gauche d'un air furieux.

– C'est vraiment le big n'importe quoi ! En plus les Vosges, c'est tout près d'ici, cinquante kilomètres à peine ! Bonjour le dépaysement !

Et elle tourne les talons pour rejoindre sa chambre.

Papa tente de la rappeler :
– C'est le hasard, Clara. Un simple jeu de ha…
Il ne parvient pas à terminer sa phrase moqueuse, coupé net par l'arrivée violente d'une cuillère dans ses dents. La petite Marie entre dans la partie !

Mister Teuf-Teuf

On, enfin papa, a trouvé le tracteur grâce à un site d'enchères sur Internet. Un vieux tracteur tout rouillé dont il est très fier parce qu'il a été fabriqué l'année de sa naissance. Dans sa jeunesse, il a dû être rouge (le tracteur, pas papa).

On le devine parce que, çà et là parmi la couverture de rouille, on distingue quelques taches de vermillon qui ont résisté au temps.

Ce soir-là, alors que je rentre de l'école, j'aperçois de loin le nez d'une camionnette qui dépasse du portail de la maison.

En m'approchant, je constate que derrière la camionnette se trouve une remorque du genre de celle qu'on utilise pour venir vous chercher quand vous tombez en panne dans la campagne à des milliers de kilomètres de tout. Et sur la remorque : Mister Teuf-Teuf (Clara, pour se moquer, l'a baptisé de ce nom qui lui va si bien) brillant de toute sa splendeur rouillée.

Papa est radieux.
– Tu as vu, Jules ! Magnifique, hein ?
Je hoche affirmativement la tête pour ne pas lui gâcher son plaisir avant d'aller

embrasser maman qui se tient debout dans l'encadrement de la porte d'entrée avec Marie dans ses bras. La portière de la camionnette claque et un jeune conducteur d'une vingtaine d'années, boucle à l'oreille, piercing sous la lèvre et casquette vissée à l'envers sur une chevelure qui lui descend jusqu'aux épaules, se dirige vers papa.

– Vous savez que vous êtes ma première livraison, m'sieur ? Je commence ce job aujourd'hui !

– Ah oui ? questionne papa d'une voix où percent un peu d'inquiétude et beaucoup d'angoisse.

– Allez, ne vous en faites pas ! Ça va bien se passer ! tente de le rassurer le chauffeur en touchant le rebord de sa casquette. Vous allez monter sur le tracteur pour le guider pendant que je manœuvre le treuil.

Quand papa grimpe sur Mister Teuf-Teuf, un large sourire fend son visage.

J'ignore pourquoi mais, de le voir juché sur son siège, tout à coup, je pense à la fable de La Fontaine, *Le Corbeau et le Renard*. Celle où un corbeau est perché sur un arbre avec un fromage dans son bec. Un renard arrive, attiré par l'odeur puante du camembert...

— Prêt ? demande le chauffeur.

Papa lève son pouce en l'air en signe d'affirmation. Le plateau de la remorque s'incline légèrement et le tracteur commence à descendre doucement, retenu par le câble fixé sur le pare-chocs avant.

Naturellement, le renard, lui, veut le camembert. Très futé, il lance plein de compliments au stupide oiseau noir. Il lui assure qu'il a de belles plumes.

— Surtout n'appuyez pas sur les freins ! C'est le câble qui retient le tracteur.

Nouveau pouce en l'air de papa qui confirme que tout va pour le mieux dans le meilleur des mondes.

Le renard lui dit que s'il chante aussi bien que ses plumes sont belles, il pourrait tenir le premier rôle dans un opéra. Et que fait cet idiot de corbeau ? Il ouvre son bec et se met à chanter pour montrer qu'effectivement il est le meilleur ténor de la forêt. Évidemment, ce crétin s'aperçoit, mais trop tard, qu'il a lâché son fromage.

Soudain, on entend un couinement en provenance de l'avant de Mister Teuf-Teuf. Puis un gros bruit de ferraille heurtant une autre ferraille. Le pare-chocs s'est détaché du tracteur pour atterrir sur la remorque.

Mister Teuf-Teuf descend la pente en reculant à toute allure, un peu comme le fromage chutant du bec du corbeau.

Papa se dresse au-dessus du volant, debout sur la pédale de frein qui s'écrase dans le vide. Le tracteur continue sa course, pulvérise la porte du garage et ne s'arrête que lorsqu'il est stoppé par l'avant de la voiture neuve de maman.

Attirés par le vacarme, les voisins de notre lotissement arrivent les uns après les autres pour constater les dégâts.

Papa répète sans cesse :

– Ce n'est rien ! Ce n'est rien ! Il n'y a pas de blessés !

Mais ses yeux, tel l'écran d'une calculette, affichent le montant total des réparations : une porte de garage = deux mille euros + un avant de voiture = trois mille euros… Je crois qu'il est prêt à jurer mais, un peu tard, qu'on ne l'y prendra plus.

C'est O'Pa qui nous a trouvé la charrette et l'a rapportée sans casse à la maison. C'est une antique remorque à foin dont il faut, avant de construire dessus, changer les planches du plateau.

Avec papa, on passe des heures à la rafistoler puis à l'aménager. Au début, Clara et moi, on ne voulait pas l'aider. C'était notre vengeance : il avait gagné à la poulette russe, parfait ! Alors il n'avait qu'à se débrouiller seul !

Mais, la veille des vacances de Pâques, il me propose un marché :

– Deux euros de l'heure si tu viens me donner un coup de main.

Après un rapide calcul (je suis très fort en calcul mental quand il s'agit de compter de l'argent), je me rends compte que si je bricole une trentaine d'heures j'aurai assez d'argent pour m'acheter le dernier jeu de foot pour ma console. J'accepte. J'avoue que la première séance de bricolage me plaît énormément.

J'adore me servir de tous ces outils ! La perceuse, la ponceuse et, le top du top, la visseuse électrique. Cet engin me fascine. Une légère pression du doigt et, miracle, la vis s'enfonce en couinant légèrement mais sans aucun effort ! J'aimerais me servir de la scie circulaire et du rabot.

– Pas question que tu y touches ! dit papa. C'est trop dangereux ! Tu risquerais de te couper un doigt, voire plus.

Je n'y touche donc pas et c'est papa qui y laisse un bout de phalange. Oh, rien de bien grave. Seulement un morceau de viande comme il dit. Mais on n'a pas pu travailler pendant cinq jours et le bricolage me manque.

Lorsqu'on se remet au boulot, Clara nous rejoint. Parce que sa moyenne en maths a effectué une chute spectaculaire. Sur le bulletin, son prof a écrit : « Moyenne et travail fortement décroissants avec une tendance à tendre vers moins l'infini. »

L'humour du prof de maths de Clara n'a pas fait rire mes parents et la sanction est tombée : suppression du téléphone portable, cours de maths particulier chaque matin où il n'y a pas classe et bricolage l'après-midi. Son travail consiste à peindre les planches qu'on installe.

Papa a dessiné les plans de notre roulotte au millimètre près. Il faut dire que question plans, papa est un grand chef puisqu'il est architecte. Notre logement sur roues comporte deux chambres (une pour les parents et Marie, l'autre pour Clara et moi), un coin cuisine et repas, des toilettes chimiques et, comble du luxe, une douche.

Sur le toit, un capteur solaire chauffera notre eau et un panneau photovoltaïque nous fournira le peu d'électricité dont on aura besoin. Sous le plancher, se trouvent une réserve d'eau potable de trois cents litres et un réservoir pour les eaux usées. Une roulotte quatre étoiles !

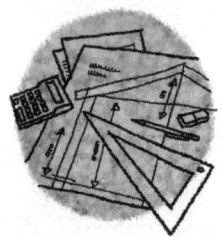

De temps en temps, quand Marie fait la sieste par exemple, maman nous rejoint pour donner quelques coups de pinceau. Et comme elle adore coudre, elle se charge de la décoration intérieure en confectionnant les rideaux et les banquettes du coin repas.

Vers la mi-juin, la roulotte est terminée et le Teuf-Teuf a été révisé par un copain mécanicien de papa.

Tout aurait été pour le mieux si maman n'avait pas décidé de changer sa façon de cuisiner. Une de ses amies a eu le malheur de lui prêter un livre qui s'appelle : *La Santé dans votre assiette*. La lecture de ce bouquin a été une révélation pour maman qui a décidé d'appliquer à la lettre les conseils donnés par ce fichu bouquin.

Plus question de manger de la viande une fois par jour – il paraît que la viande est un vrai poison – plus question non plus de saler ou de sucrer la nourriture – très mauvais le sel et le sucre, hou là là !

Fini aussi les légumes cuits dans l'huile ou pire, le beurre dont la graisse vous bouche les vaisseaux sanguins aussi sûrement qu'un embouteillage aux heures de pointe.

Pour moi qui adore manger des steaks hachés très salés et poivrés accompagnés de frites bien dorées, le régime s'annonce difficile. Mais je suis le seul à faire la tête.

Papa est, comme d'habitude, d'accord avec maman. Clara est ravie car maman l'a persuadée qu'elle va perdre quelques kilos. Et Marie s'en fiche royalement puisqu'elle mange des petits pots pour bébés.

Je ne suis encore qu'à moitié puni car je déjeune à la cantine chaque midi. Et, à la cantine, le chef cuistot n'a pas dû lire *La Santé dans votre assiette*. Mais les deux mois de vacances qui s'annoncent m'inquiètent. Vais-je survivre aux algues et aux céréales cuites dans une eau sans sel?

La réponse à cette question ne tardera pas à venir car le départ est prévu dans quelques jours.

En route
mauvaise troupe

M. Lapase, notre voisin, est le représentant de notre quartier à la mairie.

Je ne l'aime pas beaucoup, M. Lapase. Il est du genre collant et quand on a le malheur de le croiser dans la rue, on est sûr d'en avoir pour une bonne demi-heure. On a beau lui affirmer haut et fort que, là, on est pressé, qu'on est déjà en retard, que l'école commence dans cinq minutes, ou n'importe quoi d'autre, il n'y a pas moyen de se débarrasser de lui avant qu'il n'ait terminé ce qu'il a à vous raconter.

Et quatre-vingt-dix-neuf fois sur cent, ce qu'il a à dire est complètement inintéressant.

C'est un ancien professeur de français à la retraite et maman prétend qu'il s'ennuie et que c'est pour cette raison que, lorsqu'il vous met le grappin dessus, il ne vous lâche plus. Maman prétend aussi qu'il faut être poli avec lui et l'écouter jusqu'au bout. Je plains les pauvres élèves qui ont dû l'écouter jusqu'au bout pendant sa carrière.

Non seulement M. Lapase est bavard comme une nuée de perroquets mais, en plus, c'est le roi pour improviser des fêtes de quartier au moindre prétexte.

Et paf, une soirée crêpes en l'honneur du petit-fils de Mme Brunet qui vient d'obtenir son bac !

Et bing, un apéritif pour le retour de l'hôpital de M. Delsard !

Et vlan, un repas moules-frites pour célébrer la victoire en championnat de l'équipe locale !

Comme tout le monde est poli dans notre lotissement, personne n'ose refuser les invitations de M. Lapase qui pense que nous adorons ses réjouissances et qui, par conséquent, n'a de cesse d'en organiser de nouvelles.

Moi, je dis que la politesse a des limites et que quelqu'un devrait se dévouer pour lui faire comprendre qu'il est le roi des rasoirs !

Ce matin de juillet, à huit heures, lorsqu'on part avec notre Teuf-Teuf tirant notre roulotte, on trouve les habitants du quartier rassemblés après le premier virage, M. Lapase à leur tête.

Assis sur le siège passager, je vois soudain le sourire béat de papa, tout à la joie de conduire son Teuf-Teuf, se muer en une grimace désespérée en découvrant la banderole « Bon voyage ! ».

– Qu'est-ce qu'on fait, Jules ? On les écrase ? me demande-t-il.

– Ouais, je réponds en rigolant. Surtout ne rate pas monsieur Lapase.

Papa décide finalement de s'arrêter. M. Lapase se tourne vers la foule et invite son joli monde à entonner :

– *Ce n'est qu'un au revoir mes frères*
Ce n'est qu'un au revoir
Nous nous retrouverons mes frères
Nous nous retrouverons.

Je pense très fort : « Malheureusement ! »

Papa stoppe les quarante chevaux du moteur. Clara, maman et Marie nous rejoignent pour partager le petit-déjeuner organisé par M. Lapase.

J'ai la bonne surprise de retrouver Corentin, le petit-fils de M. Lapase qui est arrivé la veille. Il vient chaque année en juillet passer un mois chez ses grands-parents et l'an passé on s'est bien amusés tous les deux.

– Alors, j'arrive au moment où toi, tu t'en vas ! regrette-t-il.

– C'est vrai, je réponds. Mais que veux-tu que j'y fasse ? Heureusement, il nous restera une semaine ensemble à mon retour. Désolé.

– Pas autant que moi. Je vais m'ennuyer sans toi. En plus, papi s'est mis en tête de me donner des cours de rattrapage en français.

Il termine sa phrase dans un soupir qui en dit long.

Marie pleure à gorge déployée depuis son réveil et, huit tartines de confiture et deux heures plus tard, quand nous réussissons à nous dépêtrer du piège de M. Lapase, elle pleure toujours.

Le Teuf-Teuf repart du premier coup, noyant dans la fumée le groupe de chanteurs qui reprend une fois encore :
– *Ce n'est qu'un au revoir…*

Malgré le bruit du moteur, j'entends certains tousser. Maman est très ennuyée à cause de la pollution que notre tracteur provoque. Papa aussi, mais il oublie vite cet inconvénient grâce à la joie provoquée par le plaisir de conduire son engin.

À midi, on s'arrête en pleine campagne, à l'ombre d'un immense saule pleureur. Le soleil brille, les oiseaux chantent et la vie serait belle si Marie cessait ses hurlements et si maman avait cuisiné un repas digne de ce nom à la place de cette espèce de purée de céréales fadasse. Je n'y touche pas. De toute façon, je n'ai pas faim, grâce aux tartines de M. Lapase.

– Tu devrais manger, Jules ! m'encourage maman. C'est excellent.

Je me demande si elle croit vraiment ce qu'elle dit.

Elle ajoute :

– Avec une nourriture comme celle-là, on vivra centenaires.

Je suis sur le point de lui affirmer que je préfère mourir jeune plutôt que d'ingurgiter des trucs pareils pendant quatre-vingt-dix ans mais elle me tend Marie à bout de bras.

– Si tu ne veux pas manger, rends-toi utile et va promener ta petite sœur. Peut-être que ça la calmera.

Ça ne la calme pas et elle crie toujours autant quand nous revenons. Par contre, on n'entend pas Clara. Elle a décidé de protester en silence contre notre expédition estivale. Elle n'a pas desserré les mâchoires depuis ce matin.

Papa, le nez collé sur sa carte routière, annonce soudain triomphalement :

– J'ai trouvé un raccourci par la forêt !

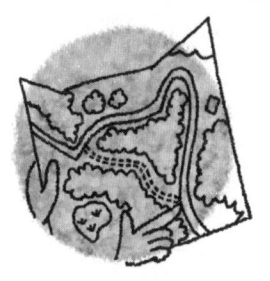

On repart. Marie finit par s'endormir à bout de fatigue. On roule une heure sur un joli chemin empierré qui serpente au milieu des grands arbres. Petit à petit, le chemin se rétrécit, laissant à peine la place à notre roulotte dont le toit frotte les branches les plus basses.

Papa s'arrête.

– Je crois qu'on va être obligés de faire demi-tour.

Le hic, justement, c'est qu'on ne peut pas faire demi-tour à cause de l'étroitesse du chemin. Alors papa repart en marche arrière. Maman le guide parce que la roulotte l'empêche de voir où il va.

Clara est descendue et porte Marie qui a recommencé sa symphonie pour bébé en sol piaillard.

Maman crie, elle aussi, très fort, parce que papa a du mal à l'entendre à cause du bruit du Teuf-Teuf.

– Redresse ! Gauche ! Droite ! Tout droit maintenant !

Au bout d'une trentaine de mètres, alors que maman hurle gauche pour la troisième fois, papa insiste à droite et les roues de la roulotte mordent le bord d'un fossé où s'écoule paisiblement un ruisseau. Elle se penche dangereusement et elle se serait renversée si le tronc d'un gros chêne ne l'avait miraculeusement retenue.

Le pauvre ruisseau, qui ne demandait rien à personne, est maintenant à moitié bouché par deux roues enfoncées dans la vase jusqu'à mi-hauteur.

Papa enclenche la marche avant mais les roues du Teuf-Teuf tournent dans le vide en creusant le chemin sans que la roulotte bouge d'un millimètre.

– Il n'est pas assez puissant ! concède papa.

Jusqu'à présent, il a réussi à garder son calme mais quand Clara sourit, l'air de dire : « De toute façon c'était complètement idiot de vouloir passer par là », il se met à respirer bruyamment par les narines.

Il respire encore plus bruyamment quand maman ajoute :

– Gauche ! Je t'ai dit gauche ! Ce n'est pas si compliqué ! Qu'est-ce qu'on fait maintenant ?

– Il nous faut un tracteur puissant pour nous sortir de là ! lui répond papa en sortant son téléphone portable.

Pas de réseau.

Clara retourne alors à nouveau le couteau dans la plaie en ajoutant d'une voix moqueuse :

— Je suis sûre que le mien aurait capté, malheureusement quelqu'un me l'a confisqué…

Papa ne trouve rien à lui répondre et, après quelques secondes de réflexion, la solution tombe de sa bouche :

— Je vais à pied au village le plus proche. Je ne pense pas en avoir pour très longtemps en coupant à travers bois. Vous, vous m'attendez ici.

— Tu es sûr que tu sais où… commence maman.

— Si tu vois un autre moyen, je t'écoute, l'interrompt papa en bruissant du nez un peu plus.

Comme maman n'a rien à proposer, papa part en coupant droit à travers les arbres.

Il parcourt une dizaine de mètres et se retourne pour répéter :

– Ne vous inquiétez pas ! Je reviens vite !

Je ne sais pas pourquoi mais je ne crois pas à sa promesse.

Douce nuit

Vingt heures. Le ciel s'est couvert d'énormes nuages gris qui assombrissent la forêt. Marie hurle, papa n'est pas revenu.

Vingt heures trente. Les nuages gris sont noirs à présent. Marie hurle, papa n'est pas encore revenu.

Vingt et une heures. Les premiers éclairs crépitent en flash au-dessus de nos têtes. Le vent crache de violentes rafales qui courbent la cime des arbres et en arrachent des feuilles.

Nous trouvons refuge dans la roulotte. Elle est si penchée qu'il est très difficile d'y garder l'équilibre. Marie hurle, papa n'est toujours pas revenu.

Vingt et une heures trois. De grosses gouttes tambourinent sur le toit, résonnant à l'intérieur comme des centaines de percussions qui couvrent presque les hurlements de Marie.

Plus personne ne parle, d'ailleurs on ne s'entendrait pas.

Nous nous tenons serrés les uns contre les autres sur la couchette des parents dans des positions acrobatiques.

Vingt et une heures trente. L'orage cesse enfin et, quand je pointe un œil au-dehors, c'est pour constater que le petit ruisseau est devenu grand et que l'eau touche maintenant le plancher de la roulotte.

Les nuages s'écartent pour laisser passer un rayon de soleil. J'ai froid et faim. Mais pas question de cuire quoi que ce soit sur la gazinière qui est trop inclinée. Je décide d'allumer un feu. Clara vient avec moi pour chercher du bois mort. Et mouillé. Marie hurle, papa n'est pas revenu.

Vingt-deux heures. Le feu prend enfin et les petites flammes jaunes qui s'élancent dans le soir tombant ont un côté rassurant. Je pense, sans le dire aux autres, que leurs lueurs éloigneront les bêtes sauvages et que, peut-être, demain matin, on aura survécu à l'attaque des loups féroces ou des ours sanguinaires rôdant aux alentours. Marie hurle, papa n'est pas revenu.

Vingt-deux heures dix. Il fait complètement nuit maintenant. Maman a posé une casserole sur mon feu et nous prépare un repas à base d'eau chaude sans sel. Marie hurle, papa n'est pas revenu.

Vingt-trois heures. Maman, Clara et Marie regagnent la roulotte tandis que, muni d'une lampe torche, je pars à la recherche d'une provision de bois pour la nuit. Je viens de dénicher un joli tas de branches quand, derrière moi, je perçois un raclement sur le sol. J'ai tellement peur que je me retrouve les fesses par terre et que je lâche ma lampe. Elle tombe dans le tas de branches, son faisceau dirigé vers la terre, si bien que tout est noir autour de moi.

Je reste immobile, les oreilles dressées. Mon cœur effectue des sauts périlleux dans ma poitrine. Comme je n'entends plus rien, je reprends la torche pour éclairer les alentours. Je tourne sur moi-même en illuminant les troncs des arbres.

Je commence à penser que j'ai imaginé le raclement sur le sol quand, dans la lueur électrique, je distingue nettement deux chaussures. Dans les chaussures, deux pieds. Au bout des pieds, deux jambes. Au-dessus des jambes, un tronc qui n'a rien à voir avec celui des arbres. Puis un visage grimaçant dont la bouche s'ouvre en prononçant un mot :

– Schlork !

Je ne cherche pas vraiment à savoir ce que cela signifie. Je balance ma lampe vers le visage de l'inconnu et je me sauve à la vitesse de la lumière. Je vole plus que je ne cours jusqu'à la roulotte et quand, enfin, je me retrouve à l'intérieur et que j'ai fermé la porte, je me jette dans les bras de maman en éclatant en sanglots.

— Qu'y a-t-il, mon chéri ? me demande maman d'une voix inquiète.

J'essaie de lui expliquer mais lorsque, entre deux sanglots, je tente de parler, mes mâchoires tremblent si fort qu'il m'est impossible de prononcer le moindre mot.

Maman me caresse les cheveux en me serrant contre elle et mes dents du dessous arrêtent enfin de claquer sur celles du dessus.

À moins que ce ne soit l'inverse.

Je me rends compte que Marie ne pleure plus, elle dort, et je réussis à raconter mon histoire. Les filles m'écoutent sans en perdre une miette.

Quand j'ai terminé, maman tente une explication :

— Tu sais, Jules, quelquefois, lorsque par exemple on est fatigué ou un peu inquiet, notre esprit crée des choses qui n'existent pas vraiment.

— Tu crois que j'ai inventé tout ça ?

— Inventé, non. Plutôt imaginé…

— Je ne suis pas fou ! Je jure sur vos deux têtes que c'est vrai !

Maman regarde Clara qui regarde maman.

— C'est quoi déjà, le mot qu'il a dit ? m'interroge ma sœur.

— Schlork. Ou un truc dans le genre.

— Schlork ? Qu'est-ce que c'est que cette langue ? Du russe ? Du polonais ?

La question s'adresse à maman qui, avant de rester à la maison pour congé parental, a travaillé comme traductrice pour l'Union européenne.

— Ni l'un ni l'autre. Je n'ai jamais entendu ce mot.

Clara me lance un regard de tueuse et s'écrie :

– Monsieur veut faire son intéressant, hein ? Monsieur veut essayer de nous faire peur. Comme si ça ne suffisait pas d'avoir un père qui nous traîne sur les routes derrière un maudit tracteur ! Il faut, en plus, supporter un frère stupide qui invente des histoires à dormir debout !

– Mais Clara, je n'ai rien in...

Je m'arrête au beau milieu de ma phrase car le bruit d'une main cognant contre la paroi de la roulotte m'interrompt.

Dans le silence qui suit, un « Schlork » sonore retentit. Maman devient blanche, Clara transparente et mes dents reprennent leur jeu de castagnettes. Je me rue sur la porte pour fermer le verrou. Et là, je hais papa qui n'en a pas prévu. Je me contente de maintenir la clenche de toutes mes forces.

La roulotte tangue, se soulève, reste une demi-seconde en l'air avant de retomber sur ses roues. Et, miracle, nous nous retrouvons à l'horizontale.

– C'est impossible ! lâche maman. Aucun homme n'a assez de force pour soulever la roulotte !

Clara croit bon d'ajouter pour augmenter notre panique :

– Ils sont sûrement plusieurs.

La main frappe encore une fois contre la paroi. Il y a quelques nouveaux « Schlork » puis, plus rien pendant cinq minutes. Je suis accroché à ma clenche comme un naufragé aux débris de son bateau. Une cohorte de fourmis envahit mes mains et les jointures de mes phalanges sont blanches.

C'est alors que la clenche bouge. Mais je ne peux opposer la moindre résistance à celui qui tente d'ouvrir la porte. Alors, en désespoir de cause, je saisis la casserole sur la gazinière et, quand la porte s'ouvre, je frappe violemment la tête qui surgit. L'écho d'un gros BANG se propage dans la forêt et, après un instant d'étonnement, les yeux de la tête sur laquelle je viens de frapper se ferment. Le corps part vers l'arrière et s'affale doucement sur le chemin.

Vingt-trois heures quinze. Papa est revenu, Marie ne pleure plus.

Un petit-déjeuner royal

— Lorsque je vous ai quittés, explique papa entre deux gorgées de sa chicorée matinale, j'ai coupé à travers bois. D'après mes calculs, j'en avais pour une heure de marche. Seulement, voilà, j'ai dû me tromper et je me suis perdu. J'ai tourné deux bonnes heures dans la forêt avant de tomber sur Les acacias.

— Les acacias ? questionne Clara. C'est quoi ?

– Une clinique psychiatrique. Enfin c'est ce qu'indique la plaque à l'entrée parce que je n'y ai vu aucun malade. Quand j'y suis arrivé, il était l'heure du repas et ils devaient se trouver dans le réfectoire. Bref, j'ai sonné au portail plusieurs fois avant qu'un infirmier ne sorte. Je lui ai demandé mon chemin et il me l'a indiqué gentiment. Avant que je ne reparte, il m'a interrogé pour savoir si je n'avais pas croisé un homme dans les alentours. Un type d'environ deux mètres avec les cheveux très courts et les oreilles décollées. C'est un patient qui s'est enfui de la clinique. Je lui ai dit que je n'avais vu personne et je suis parti vers le village.

Est-ce que l'homme que j'ai aperçu hier soir en allant chercher du bois mesure deux mètres ? A-t-il les oreilles décollées et les cheveux courts ? Je suis incapable de me le rappeler. J'observe la grosse bosse que j'ai fait pousser sur le front de papa tandis qu'il continue :

– J'avais à peine parcouru cinq cents mètres qu'une fourgonnette blanche s'arrêtait près de moi. Le chauffeur des Acacias a baissé sa vitre pour me demander la même chose que l'infirmier. Il était aussi à la recherche du fugitif. Il m'a assuré que l'homme n'était absolument pas dangereux. Un doux dingue inoffensif, selon ses propres mots. Rassuré, j'ai continué ma route. Je suis arrivé au village juste avant l'orage et j'ai réussi à trouver quelqu'un qui viendra nous dépanner ce matin.

– Ce n'est plus la peine ! dit maman qui n'a toujours pas décoléré. On s'est très bien débrouillés sans toi !

– C'est ça ! s'indigne papa. Vous ne réussirez pas à me faire croire qu'un homme seul a réussi à soulever la roulotte. Elle pèse plus d'une tonne ! Il faudrait au moins quinze costauds pour accomplir un exploit pareil.

– Je n'ai pas d'autre explication, ajoute maman. Si tu en trouves une, ne te prive pas de nous en faire part.

Sur ce, elle part chercher Marie qui s'est réveillée et qui recommence à pleurer.

– Maudites dents ! ronchonne papa dans sa barbe naissante.

Nous inspectons la roulotte qui n'a pas trop souffert de son séjour contre le tronc du chêne. Je m'excuse pour la dix-septième fois depuis hier :

– Désolé, papa. Vraiment désolé. Je ne pouvais pas savoir que c'était toi !

– Mais Jules, je t'ai déjà dit que je te pardonnais.

Il s'accroupit pour que ses yeux soient à la même hauteur que les miens.

– Et je suis fier de toi ! Tu as montré que tu étais capable de défendre la famille quand je n'étais pas là.

Ce dernier compliment me remplit de joie et me redonne ma bonne humeur. J'oublie nos mésaventures de la veille avant que papa reprenne :

– Où s'est passée ta rencontre avec ce monsieur Schlork ?

– Par là…

Il me suit de l'autre côté du ruisseau vers la forêt. En inspectant les lieux, nous constatons que de grosses empreintes de chaussures s'enfoncent dans le sol humide. Le regard de papa s'arrête sur une énorme branche d'environ quatre mètres de long. Il l'inspecte et découvre une trace de peinture verte à une cinquantaine de centimètres de son extrémité. Nous rebroussons chemin jusqu'à la roulotte pour constater qu'une écaille de peinture verte a sauté du châssis.

Papa sourit.

– Voilà l'explication du mystère ! s'écrie-t-il. Votre Schlork a utilisé cette branche comme levier pour sortir la roulotte du ruisseau ! Chapeau ! J'aurais dû y penser.

Je ne dis rien mais je suis sûr que même en unissant nos efforts nous n'aurions pas réussi.

– J'ai une idée ! s'exclame papa tout à coup.

Il farfouille quelques secondes dans la grosse boîte à outils du Teuf-Teuf et en sort une corde qu'il attache à l'arrière de la roulotte.

Il détache le tracteur et, après de savantes manœuvres, il parvient à contourner la roulotte pour se garer tout près de la corde.

Il l'attache à la boule et maman conduit doucement le tracteur tandis qu'il maintient droites les roues de la charrette grâce à la flèche de devant.

L'équipage parvient couci-couça jusqu'au croisement avec un autre chemin forestier.

Papa remet le Teuf-Teuf à l'avant et s'écrie, fier de lui :

– Et voilà le travail !

Clara calme sa satisfaction :

– Tu aurais pu y penser hier ! Cela nous aurait évité d'avoir la trouille toute la nuit !

Quand nous arrivons à l'entrée du village une bonne demi-heure plus tard, nous croisons une fourgonnette blanche qui s'arrête à notre hauteur. Le chauffeur baisse la vitre.

– Bonjour. Vous n'avez toujours pas vu notre patient ? demande-t-il.

Papa lui certifie que non, sans rien raconter de ce qui s'est passé la nuit précédente. Je l'interroge :

– C'est Schlork qu'ils recherchent ?

– Peut-être. Mais qu'ils se débrouillent. Ce n'est pas notre problème. Et puis, même si c'est lui, ils m'ont dit qu'il n'était pas dangereux alors…

On se gare au milieu du village devant une ferme et papa et moi nous descendons de notre attelage. Un gros chien aux longs poils frisés et sales vient à notre rencontre en remuant la queue. Papa s'apprête à frapper à la porte quand elle s'ouvre sur un petit homme qui ne mesure guère plus d'une tête que moi.

Il est vêtu d'une salopette verte dont la fermeture s'ouvre sur un ventre énorme. Sa minuscule tête rougeaude se fend d'un sourire quand il découvre le tracteur et la roulotte.

– Z'avez réussi à vous en tirer tout seul ? constate-t-il d'une voix aigrelette.

– Oui, lui confirme papa qui paraît géant à côté de ce quasi-lutin. Nous passons vous prévenir qu'il est inutile de venir nous dépanner.

– Je vois ça. J'allais casser la croûte avant d'aller vous sortir de votre fossé. Z'avez faim ?

– Nous ne voudrions pas abuser de votre hospitalité, commence papa.

– Pensez-vous donc ! C'est offert de bon cœur.

Toute la famille entre pour rejoindre la cuisine où Mme Lutin – son épouse est juste un peu plus grande que lui – nous accueille chaleureusement. On s'assied autour d'une grande table en bois garnie d'une multitude de victuailles : verrines de pâté de campagne, jambon cru et jambon cuit, lard fumé.

Maman regarde l'ensemble avec de grands yeux exorbités. Elle doit se demander comment il est possible d'avaler autant de poisons en même temps. Un instant, je crois qu'elle va en faire la remarque mais, en personne polie, elle ne dit rien.

– Elle fait les dents, la petiote ? questionne Mme Minuscule en s'intéressant à Marie qui braille toujours et encore.

Maman lui explique que cela dure depuis deux jours pendant que je me remplis le ventre à grands coups de charcuterie.

– La pauv' gamine ! Z'avez rien pour la calmer ?

– Je la soigne avec des petits comprimés d'homéopathie.

Mme Microbe lui sourit en affirmant :

– Ça marche pas ces trucs-là ! J'ai ce qu'il vous faut.

Elle se dirige vers un buffet bas d'où elle extrait une bouteille. Elle verse un peu de son contenu dans un bol. On dirait de l'eau. Elle trempe son index dedans et avant que maman n'ait le temps de réagir, elle attrape Marie, la maintient sur son ventre, lui ouvre la bouche et passe son doigt imbibé du liquide sur ses gencives.

Les cheveux de maman se dressent sur sa tête. Elle va bondir pour arracher sa pauvre enfant des bras de la vilaine sorcière. Mais l'effet est immédiat et, après quelques grimaces, Marie arrête de pleurer.

– Z'avez vu ça ? se réjouit notre hôte. Elle s'y connaît mon Hortense pour soigner les bébés. Faut dire qu'on en a eu cinq.

Il se renfrogne en ajoutant :

– Sont tous à la ville aujourd'hui. Travaillent dans les bureaux.

Il retrouve sa bonne humeur en saisissant la bouteille.

– Je la fabrique moi-même, avec les fruits de mon verger. C'est du cent pour cent naturel. Du bio comme y disent aujourd'hui.

Sans lui demander son avis, il en verse une rasade généreuse dans un verre qu'il tend à papa. Puis il se sert à son tour.

– Goûtez-moi ça! invite-t-il papa en engloutissant sa part d'un coup d'un seul.

Papa est très poli également et il imite M. Lutin. J'arrête de mastiquer ma septième tartine de pâté quand je le vois devenir aussi blanc qu'une étendue de neige en Antarctique. Il s'accroche à la table avant de souffler bruyamment des narines et d'avoir une violente quinte de toux. Quand il reprend enfin sa respiration, il conclut simplement :

– C'est fort!

J'ai le temps d'avaler une huitième tartine avant qu'on s'en aille. Lorsqu'on ressort, le chien est couché derrière la roulotte, museau en l'air et oreilles dressées.

– Z'avez pas besoin d'un chien? questionne M. Lutin en le désignant. Celui-là est arrivé avant-hier de je ne sais où. Les gens partent en vacances et les abandonnent sur le bord de la route. Si c'est pas malheureux!

Papa refuse gentiment en affirmant qu'on n'a pas de place pour lui dans la roulotte et, juste avant qu'on ne reparte pour de nouvelles aventures, Mme Lutin sort de la maison en tendant la bouteille d'eau-de-vie à maman.

– Pour les dents de la petiote! dit-elle en faisant un clin d'œil à papa.

La famille s'agrandit

Vers midi, une pancarte sur le bord de la chaussée nous annonce : « Bienvenue dans le département des Vosges. » À l'horizon, on devine les formes arrondies des massifs.

– Si tout va bien, ce soir nous dormirons dans la montagne, m'annonce papa.

Le Teuf-Teuf accomplit son travail comme un bon tracteur en nous traînant sur les petites routes à la vitesse folle de quinze kilomètres par heure.

D'après mes calculs, le résultat est sans appel : un bon coureur de marathon nous aurait dépassés sans problème. Quand nous empruntons un morceau de nationale – cela arrive rarement, heureusement –, les voitures et les camions s'agglutinent rapidement derrière nous. Certains nous klaxonnent méchamment en nous dépassant. Papa lève la main dans un geste amical et leur crie joyeusement :

– Bonne journée à vous aussi !

Mais, le mieux, c'est lorsque nous traversons une ville. Les gens s'arrêtent sur les trottoirs pour nous regarder passer. Quelquefois, ils nous lancent un signe aimable. D'autres fois, ils nous considèrent d'un œil rond et ahuri. Il y en a même quelques-uns qui nous interpellent :

– Vas-y pépère, accélère !

– Fais gaffe, y a un escargot qui te dépasse !

– Attention aux limitations de vitesse !

Lorsque l'un d'entre eux lance un mot un peu trop méchant, papa donne un coup d'accélérateur et le Teuf-Teuf lâche un nuage de fumée noire qui atteint l'agresseur en pleins poumons. Il se met immanquablement à tousser. Une arme redoutable.

On s'arrête pour manger sur une aire de pique-nique. Et quand on descend, on a une sacrée surprise. Le chien de la ferme nous a suivis durant toute la matinée. Il est là, haletant, couché à l'arrière de la roulotte, langue pendante. Quand Clara s'agenouille devant lui, il lèche sa main avant de poser sa grosse patte sur son bras.

— Il est sympa ! sourit-elle.
— Juste un peu pot de colle ! rectifie maman. J'espère qu'il ne va pas nous suivre pendant toutes les vacances !
— Il est libre ! se révolte Clara. Il fait ce qu'il veut. Tu préfères qu'on l'amène à la SPA ?

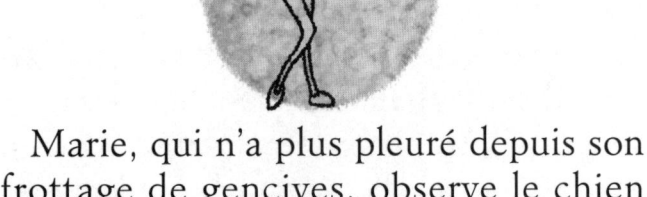

Marie, qui n'a plus pleuré depuis son frottage de gencives, observe le chien avec beaucoup d'intérêt.

Elle descend des bras de maman et se traîne à quatre pattes jusqu'à lui. Le chien lui donne un grand coup de langue sur le nez qui la fait d'abord grimacer puis sourire. Elle s'amuse ensuite à tirer sur ses poils crasseux sans qu'il émette la moindre protestation.

— C'est dégoûtant ! se fâche maman.

Et elle reprend Marie dans ses bras. Le chien se lève pour aller boire dans une flaque d'eau puis il reprend sa place sous la roulotte. Papa, étonnamment, ne dit rien à propos du chien. Il se met à cuisiner sa spécialité : des pâtes complètes.

Je n'y ai pas droit. Maman est formelle :

— Jules ! Avec tout ce que tu as ingurgité ce matin, tu peux considérer que tu as eu ta ration de viande et de graisse pour les vacances. Il faut que tu élimines ça rapidement. Heureusement que j'ai emporté le jus de radis noir. Tu en prendras deux cuillères à soupe ce midi à la place des pâtes. Et autant ce soir. Cela te purifiera.

Je voudrais étrangler Clara qui me regarde, un sourire moqueur au coin des lèvres. Du jus de radis noir ! Un truc infect quand on l'avale qui, en plus, vous provoque des renvois pendant des heures. Résultat : on en boit durant la journée entière. Je maudis maman et ses satanées décoctions. Je maudis aussi le sombre crétin qui, un jour où il devait s'ennuyer, a eu l'idée de fabriquer du jus avec des radis noirs. Je suis sûr que ce type n'aime ni les enfants ni les adultes.

Comme je suis privé de repas, je vais donner à manger au chien. Lorsqu'il a fini de laper sa gamelle, j'essaie de jouer avec lui mais il ne bouge pas d'un poil. Je me contente de le caresser.

Maman m'appelle car c'est mon tour de vaisselle. Je n'ai pas mangé et je dois laver les assiettes des autres. Il est des moments où la vie est injuste.

L'après-midi, on décroche les vélos de la roulotte et on pédale devant le Teuf-Teuf. Devant, parce que derrière on mourrait asphyxiés à cause de la fumée. Clara et moi, on fait la course tandis que maman, avec Marie dans un siège sur le porte-bagages, nous crie sans cesse :

– Gardez votre droite ! Gardez votre droite !

Lorsqu'on arrive à un carrefour, on attend papa qui nous indique la direction à suivre. Le chien suit la roulotte sans jamais la doubler. Il faut croire que les vapeurs de gasoil ne le gênent pas.

Nous parvenons à un passage à niveau. Nous le franchissons et nous déposons les vélos dans l'herbe du bas-côté, histoire de nous reposer en attendant papa. Il arrive quelques minutes plus tard. Au moment où il traverse les rails, nous entendons un boum sonore en provenance du moteur et le Teuf-Teuf s'arrête pile sur la voie de chemin de fer. Je vois bien l'inquiétude se dessiner sur le visage de papa et je suis sûr que, si j'étais près de lui, je l'entendrais respirer bruyamment par le nez.

Il tire sur le démarreur une fois, deux fois, trois fois. Sans aucun résultat. Le moteur reste muet. Je crie :

– Il faut pousser !

– Pas question ! refuse maman. C'est trop dangereux ! On ne bouge pas d'ici !

Elle termine à peine sa phrase qu'une sonnerie aigrelette retentit et que les feux du passage à niveau se mettent à clignoter.

– C'est pas vrai ! gémit papa. Un train !

Il y a un léger clic et les barrières automatiques commencent à descendre doucement.

– C'est fichu ! se désespère papa au moment où un énorme coup de klaxon résonne à environ deux cents mètres sur notre droite.

Maman hurle en direction de papa :

– Descends vite ! Dépêche-toi !

Alors un miracle se produit. Un homme apparaît au-dessus de la roulotte. Il saute sur les rails, se dirige vers l'avant du tracteur accompagné du chien qui frétille de joie à ses côtés. Il pose ses deux mains sur la calandre et le Teuf-Teuf recule.

L'inconnu pousse jusqu'à ce que l'attelage franchisse les rails. Il est temps, le train n'est plus très loin. Il nous dépasse dans un grand souffle de vent en klaxonnant à plusieurs reprises.

Je me tourne vers notre sauveur. Impressionnant ! Il mesure plus de deux mètres, a des épaules de catcheur, des avant-bras aussi gros que des jambes et des mains aussi larges que les pneus arrière du tracteur.

Papa le remercie chaleureusement :

– Mille fois merci ! Sans vous je ne sais pas ce que nous serions devenus.

L'autre observe la main que lui tend papa sans la serrer. Il dit en souriant :

– Schlork !

Il a les cheveux courts et les oreilles décollées.

Monsieur Schlork

Lorsque papa comprend à qui il a affaire, son air joyeux se transforme soudainement en une grimace. Maman serre Marie contre elle. Clara recule d'un pas et moi, je sens mon cœur jouer du marteau-piqueur dans ma cage thoracique.

Notre bienfaiteur ne remarque pas notre inquiétude. Il se dirige vers la roulotte, suivi par le chien, grimpe sur le toit pour s'asseoir entre le panneau solaire et le panneau photovoltaïque.

Papa jette un regard suppliant à maman. Il semble complètement perdu. Maman l'est à peu près autant sinon plus.

Nous sommes là, tous les quatre en cercle à nous demander comment réagir.

Maman rompt le silence :

– Il faut appeler les gendarmes.

Papa ne paraît pas convaincu. Maman insiste :

– Je te rappelle qu'il s'agit d'un fou échappé d'un asile.

– Un fou qui vient de nous sauver ! Et qui est inoffensif !

– Tu n'en sais rien ! Tu ne fais que répéter ce que l'on t'a dit.

– Alors quoi ? Cet homme nous tire du pied une épine grosse comme un tronc de baobab et notre seule façon de le remercier, ce serait de prévenir les gendarmes du coin pour qu'ils l'enferment à nouveau ?

– Vu comme ça, c'est sûr que ce n'est pas très sympathique ! consent maman. Mais je ne vois pas d'autre solution.

Finalement, papa prend son courage à deux mains et s'approche de la roulotte. Je l'accompagne.

– Heu, monsieur...
Pas de réponse.
– Monsieur ?
L'homme, assis sur le toit, contemple l'horizon d'un air satisfait. Clara et maman nous rejoignent.
– Vous croyez qu'il est là depuis longtemps ? interroge maman.
– Depuis cette nuit, je réponds. C'est pour ça que le chien nous suit, le nez collé à la roulotte.

– Impossible ! Absolument impossible ! certifie maman. Nous l'aurions vu.
– Pas s'il était allongé.
Papa recommence :
– Monsieur, monsieur, il faut que vous descendiez !

Toujours souriant, l'homme secoue négativement la tête et déclare :
– Schlork !
Papa se rend à l'évidence.
– On ne parviendra jamais à le faire bouger de là ! Tant pis, j'appelle !
Il s'apprête à sortir son portable quand la fourgonnette blanche de la clinique apparaît à une centaine de mètres.

– Eh bien, ils tombent à pic, ceux-là ! se réjouit papa. Je crois que le problème Schlork va être réglé rapidement.

Il adresse un signe de la main en direction de la fourgonnette qui s'approche et se gare sur le bas-côté.

Le sourire de M. Schlork disparaît brusquement et sa réaction est immédiate : il saute de son promontoire et file à la vitesse de la lumière dans les hautes herbes du pré qui borde la route. Il court si vite que même le chien peine à le suivre.

Ils disparaissent dans une sapinière avant que les deux infirmiers ne soient descendus de leur fourgonnette.

Maman leur crie en pointant la sapinière du doigt :

– Il vient de s'enfuir par là !

Le plus jeune des deux infirmiers s'élance à sa poursuite tandis que l'autre téléphone :

– Allô ? Mon adjudant ? C'est Alain, de la clinique des Acacias. Nous avons repéré notre fugueur. À la hauteur du passage à niveau sur la départementale 78. Très bien, nous vous attendons sur place.

Il raccroche et s'adresse à papa :

– Vous êtes sûr que c'est notre homme ?

– En tout cas, il correspond trait pour trait à la description que vous m'en avez faite.

J'ajoute :

– Et il prononce toujours le même mot, schlork.

– Dans ce cas, aucun doute possible, c'est bien lui ! tranche l'infirmier.

Maman se mêle à la conversation.

– Vous avez dit à mon mari qu'il n'était pas dangereux. C'est la vérité ?

– Il est doux comme un agneau et ne ferait pas de mal à une mouche, madame. Son seul défaut est qu'il ne supporte pas d'être enfermé aux Acacias et qu'il fugue à la moindre occasion. La dernière fois, nous avons mis plus d'une semaine avant de le retrouver ! Il connaît la région comme sa poche et se déplace très vite.

Je demande :

— S'il connaît si bien le coin, c'est qu'il est d'ici ?

— Oui, bonhomme, tu as raison. Gabriel est né dans un village à une dizaine de kilomètres. Ses parents tenaient une petite ferme où il a grandi. Il les aidait dans les travaux de tous les jours. Malheureusement, quand ils sont décédés, comme il était incapable de se débrouiller seul, il a été placé aux Acacias.

Je suis brutalement pris de pitié pour M. Schlork, alias Gabriel. Son histoire est bien triste. Je l'imagine, tournant en rond dans la clinique, s'ennuyant à mourir tout au long de journées qui doivent lui paraître interminables. Et à cet instant, je souhaite de tout mon cœur que personne ne le rattrape. L'infirmier interrompt mes sombres pensées en déclarant :

— Il adore les tracteurs et ce qui touche de près ou de loin à la ferme. Cela doit lui rappeler son enfance.

Alors je comprends ce qui a dû se passer la veille. Gabriel traînait dans les bois autour de la clinique. Il a été attiré par le bruit de notre Teuf-Teuf et il nous a suivis.

Je ressens une immense joie quand l'infirmier parti à la poursuite de Gabriel revient en boitant et couvert de boue. Il déclare :

— Il s'est envolé. Et en plus je me suis tordu la cheville en glissant dans une flaque de boue.

Au même moment, une camionnette de la gendarmerie s'arrête à notre hauteur. Deux gendarmes en descendent. Ils s'écartent de nous en compagnie des infirmiers afin de discuter tranquillement.

J'ai beau tendre l'oreille, je ne saisis rien de leur conversation. Je donnerais cher pour y assister. Leurs pourparlers terminés, un des gendarmes, le plus âgé avec la grosse moustache grisonnante, revient vers nous. Il se présente :

– Adjudant Telier. Chef de la brigade de Senones. Veuillez nous expliquer ce qui s'est passé.

Papa raconte l'histoire de A jusqu'à Z. Son témoignage semble satisfaire l'adjudant qui lui dit :

– C'est bon, vous pouvez continuer votre route !

– J'aimerais bien, lui répond papa. Mais nous sommes toujours en panne. Vous n'auriez pas le numéro de téléphone d'un garagiste du coin ?

L'adjudant soulève son képi pour gratter son crâne chauve.

– Un garagiste ? J'ai mieux pour vous. Vous avez de la chance dans votre malheur car, à deux kilomètres d'ici, se trouve le camping des Sept-Hameaux. C'est un petit camping à la ferme, très tranquille. Mon collègue et moi, nous allons nous y rendre et prévenir le propriétaire pour qu'il vienne vous remorquer avec son tracteur. Vous pourrez y passer la nuit en attendant de réparer votre moteur. Ça vous convient ?

– C'est parfait ! répond papa. Merci beaucoup.

Je ne peux m'empêcher de demander :
– Et monsieur Schlork, heu, je veux dire Gabriel, vous allez le poursuivre ?

– Plus aujourd'hui, petit. Je manque d'effectifs. On fera venir la brigade canine d'Épinal dès qu'elle sera disponible.

La camionnette repart. J'interroge maman :

– C'est quoi la brigade canine ?

– Ce sont des gendarmes avec des chiens qui vont flairer la piste de monsieur Schlork.

Mince, pauvre M. Schlork. Il n'a pas beaucoup de chance de leur échapper !

Juste avant de revisser ses écouteurs dans ses oreilles, Clara déclare en riant :

– Je ne pensais pas qu'on s'amuserait autant pendant ces vacances. Et en plus on va au camping !

Les Sept-Hameaux

Comme l'a dit l'adjudant, le camping est vraiment tranquille et vraiment à la ferme puisque les vaches broutent tout autour, au grand bonheur de Marie, fascinée par ces paisibles herbivores. Il doit y avoir une douzaine d'emplacements mais pas un seul n'est occupé quand on arrive.

– Eh bien, constate Clara qui a perdu sa bonne humeur, on ne risque pas d'être dérangés par les voisins !

Elle qui se faisait une joie de séjourner enfin dans un camping, déchante vite lorsqu'elle découvre l'étendue du désert : pas de piscine, pas de discothèque, pas d'animateur sexy et pas de jolis garçons. Elle se met à ruminer plus fort que les vaches qui nous entourent.

– Tu parles d'un trou ! Ici, les corbeaux doivent voler sur le dos pour ne pas voir la misère !

– J'aime bien cet endroit, assure maman. En plus, on va manger sainement !

M. Jolivet, Joseph de son prénom, le propriétaire de la ferme et du camping, lui a expliqué dès notre arrivée qu'il pratique l'agriculture biologique et qu'il sera ravi de lui vendre des légumes si elle le désire.

Elle a été enchantée par ses propos. Elle était aux anges quand il lui a certifié qu'il se refuse à vendre de la viande. Ses vaches ne servent qu'à produire du lait que son épouse transforme en yaourts et en munster – un fromage qui sent très mauvais, un peu comme des chaussettes après un match de foot disputé sous une forte chaleur – et qui n'est fabriqué que dans les Vosges.

Je crois que s'il avait ajouté qu'il produisait également des algues, elle lui aurait sauté au cou. Heureusement, à mon grand soulagement, la production d'algues n'est pas vraiment une spécialité vosgienne. Il faut dire que les Vosges manquent un peu de mers et d'océans.

Pendant que papa et M. Jolivet retournent chercher le tracteur – seule la roulotte a été remorquée dans un premier temps –, je fais le tour de la ferme et j'emprunte un petit chemin de sable rose qui longe une forêt d'épicéas pour arriver à un étang. L'endroit me plaît immédiatement.

J'ôte mes baskets et mes chaussettes pour y tremper les pieds. L'eau est moins glaciale que je le croyais. J'avance de quelques pas. On pourra s'y baigner ?

Lorsque je veux me rechausser, je m'aperçois qu'une de mes chaussettes a disparu. Je regarde minutieusement tout autour mais pas moyen de remettre la main dessus. Comment est-ce possible ?

Et puis je comprends. C'est le genre de blague idiote que Clara adore. Elle a dû me suivre en silence et me voler ma chaussette discrètement quand j'avais le dos tourné. Je fourre ma chaussette survivante dans ma poche, remets mes baskets et je repars au camping, bien décidé à prendre ma revanche.

J'y arrive au même moment que M. Jolivet. Il est accompagné d'un adolescent d'environ seize ans. Il doit être beau car Clara ne le quitte pas des yeux. Je sens bien, en observant ses pupilles redevenues étincelantes que, pour elle, la vie recommence à valoir la peine d'être vécue.

M. Jolivet nous présente le bel arrivant :

– Voici Baptiste, mon neveu. Il est venu passer une quinzaine de jours à la ferme.

Nous sommes enchantés. Sauf Clara qui, elle, est envoûtée. M. Jolivet ajoute :

– Baptiste a un brevet professionnel de mécanique agricole et il se propose, si vous acceptez, de réparer votre tracteur.

– Mais voilà une excellente nouvelle ! s'exclame papa, ravi.

– Je vais m'y mettre tout de suite, annonce le beau Baptiste.

– Oh, il n'y a rien d'urgent, le freine maman. Nous avons le temps. Ce camping est vraiment un endroit merveilleux.

– C'est un vrai plaisir pour moi de travailler sur un tel engin, reprend le joli Baptiste. Une véritable antiquité !

Et il tourne les talons au grand désespoir de Clara.

M. Jolivet propose :

– Si vous voulez continuer votre voyage, je peux vous prêter mon cheval de trait. Je ne l'utilise qu'en hiver pour aller chercher mon bois en forêt. Au moins, lui, il n'abîme pas les chemins ! Il est au pré en ce moment et je crois qu'il s'ennuie. Un peu d'exercice lui ferait du bien.

Papa regarde maman qui regarde papa avant de répondre :

– C'est très gentil à vous. Nous allons y réfléchir. Peut-on vous donner notre réponse demain ?

– Aucun problème ! Bon, je vous laisse. Je dois aller traire mes vaches !

Il part. À ma grande surprise, Clara lui demande :

– Je peux venir avec vous ?

– Bien sûr, ma petiote. Bien sûr !

Elle lui emboîte le pas gaiement. Clara voulant assister à la traite des vaches ! Pincez-moi, je rêve ! C'est un peu comme si je décidais d'aller voir M. Lapase de mon plein gré !

J'ai une pensée émue pour mon copain Corentin avant de comprendre pourquoi Clara tient tant à suivre M. Jolivet. Ce ne sont pas les vaches qui l'intéressent évidemment, c'est le beau Baptiste !

Je me retiens du moindre commentaire car son absence m'arrange. Je monte dans la roulotte et je déniche son MP3 là où elle a l'habitude de le laisser, sous son oreiller. Je tiens ma revanche : un MP3 contre une chaussette, je suis largement gagnant.

Pendant le repas – légumes Jolivet bio cuits dans une eau sans sel – la discussion porte sur une seule et unique question : faut-il accepter la proposition de notre hôte et repartir sur les chemins tirés par un cheval de trait ? Papa et maman sont pour. Clara violemment contre.

Quant à moi, j'hésite. D'un côté je me sens bien dans le camping, d'un autre la perspective de m'occuper d'un cheval me plaît beaucoup. Je choisis le cheval. Trois voix pour, une voix contre, le voyage se poursuivra ! Clara prend très mal notre décision en déclarant, les dents serrées :

– Je me demande quelle faute j'ai pu commettre pour mériter de naître dans une famille aussi stupide !

Et elle monte dans la roulotte en prenant grand soin de claquer violemment la porte. Elle en ressort quelques secondes plus tard pour se planter devant moi en tendant la main :

– Rends-moi tout de suite mon MP3 !

Je souris, histoire de l'énerver davantage.

– Pas de problème. Si tu me l'échanges contre ma chaussette!

– Ta chaussette? Quelle chaussette?

Je comprends immédiatement en voyant son regard surpris qu'elle n'est pour rien dans la disparition. Alors je lui tends son cher baladeur.

Au lieu de me remercier, elle effectue un demi-tour en certifiant que, de toute la famille, je suis le plus débile et que j'ai une immense longueur d'avance sur les autres qui sont pourtant très forts.

– Qu'est-ce que c'est que cette histoire de chaussette? m'interroge maman.

– Oh, rien de grave! Une histoire entre Clara et moi.

Elle n'insiste pas. Papa débarrasse la table et s'occupe de la vaisselle tandis que maman prépare Marie pour la nuit. J'en profite pour m'éclipser et retourner près de l'étang. Si la voleuse de chaussette n'est pas Clara, alors qui est-ce?

Dans la pénombre qui commence à tomber, l'eau a pris une teinte noirâtre inquiétante. J'observe attentivement le sable alentour et, au bout de quelques minutes, je découvre des empreintes sur le sol. Je suis quasiment certain qu'il s'agit de traces de pattes de chien.

Je repense immédiatement au pot de colle qui nous a suivis la journée entière, la truffe plaquée à l'arrière de la roulotte et par conséquent je repense également à M. Schlork.

Et s'ils étaient là, tout près, cachés dans les sapins ? Le chien a dû s'emparer de ma chaussette pour jouer avec elle à un jeu dont seuls les chiens connaissent les règles.

Je suis les traces jusque dans la forêt. Sous les arbres, c'est la nuit et l'ambiance est carrément sinistre. Un hurlement de chouette me surprend, une chauve-souris rase mes cheveux et un craquement lugubre résonne dans mes tympans.

Je me rappelle soudainement qu'en classe on a lu un article sur le retour des loups dans les Vosges.

J'ai si peur que je détale jusqu'à notre emplacement, persuadé qu'un carnivore aux crocs monstrueux est à ma poursuite et n'a qu'une envie : me dévorer tout cru comme un vulgaire petit chaperon rouge. Les lumières du camping me rassurent et je prends enfin le temps de jeter un regard derrière moi : pas le moindre monstre.

Tout en me traitant de dégonflé et de pétochard, je reprends une allure normale et, sans demander mon reste, je me glisse dans la roulotte.

Clara dort déjà, les écouteurs vissés dans ses oreilles. Je suis épuisé par ma course folle et par le manque de sommeil de la nuit précédente.

Je me couche sans me déshabiller et je plonge dans un demi-sommeil peuplé de créatures bizarres : des M. Schlork aux ailes de chauves-souris et à tête de loup qui se déplacent en sautant sur une seule jambe enveloppée d'une immense chaussette.

Un cheval nommé Babar

Le lendemain matin, je me réveille le dernier et, lorsque je pointe mon nez à la porte de la roulotte, un soleil déjà chaud brille au milieu du ciel. Maman, Clara et Marie sont assises autour de notre table de camping.

– Bonjour, Jules ! me salue maman. Je ne te demande pas si tu as bien dormi vu l'heure à laquelle tu te lèves. Il est presque onze heures.

Je l'embrasse sans rien lui dire des monstruosités qui ont peuplé ma nuit. Marie m'accueille joyeusement en tapant des mains sur ses genoux. Je la prends dans mes bras. Clara, elle, se contente de se moquer :

– Alors, tu as retrouvé ta chaussette ?

– Qu'est-ce que ça peut te faire ?

– Figure-toi, mon cher petit frère, que cela me concerne de très près. Tu as passé ta nuit à parler. Il était question de chaussette, de loup, de Schlork et de chauve-souris. J'ai failli t'étrangler. Grâce à toi, je n'ai pas fermé l'œil. Comme si ce n'était pas assez de te supporter la journée, il faut maintenant que je te supporte la nuit. Ce n'est pas une vie, c'est un enfer !

Je ne trouve rien de méchant à lui rétorquer alors je me tais. Je me sers un bol de céréales bio non sucrées que je partage avec Marie.

— Où est papa ? je demande la bouche pleine.

— Avec monsieur Jolivet et Baptiste. Ils sont en train de fabriquer une fixation pour attacher la roulotte au cheval.

J'ai presque oublié qu'on repart avec un cheval de trait ! J'étais trop obsédé par les empreintes de la veille pour penser à autre chose. Il faut absolument que je retourne les examiner de près.

Seulement, j'avoue que je n'ai pas très envie d'y retourner seul. Courageux mais pas téméraire, Jules. J'attends que maman remonte dans la roulotte pour glisser à l'oreille de Clara :

— Accompagne-moi, je voudrais te montrer un truc concernant monsieur Schlork.

Contrairement à ce que j'ai imaginé, elle ne fait aucune difficulté. Avant de partir, je préviens maman :

— Je vais me promener avec Clara.

— D'accord. Ne vous éloignez pas trop !

Nous prenons la direction de l'étang et, tout en marchant, je lui raconte *Les Aventures extraordinaires de Jules et de sa chaussette*. Je passe sous silence ma fuite à la vitesse de la lumière, elle se moquerait de moi.

Les empreintes de pattes sont toujours là, bien marquées dans le sable. On les suit sous les épicéas sur plusieurs dizaines de mètres avant d'arriver à un marécage. Là, on découvre de grosses traces de pas qui s'enfoncent profondément dans la boue.

– Tu as vu la taille des chaussures ? s'étonne Clara. C'est au moins du 48 !

– Tu crois que c'est celles de monsieur Schlork ?
– Je ne crois pas, j'en suis sûre !

Nous ne sommes pas équipés pour suivre M. Schlork alors nous faisons demi-tour. Je confie à ma sœur :
– Je suis drôlement content qu'il soit toujours en liberté !
– Moi aussi, renchérit-elle. J'imagine la vie de ce pauvre type enfermé dans un asile. C'est horrible !
C'est bien la première fois que je vois ma sœur manifester de la pitié pour quelqu'un. Elle m'étonne. Peut-être que, finalement, elle a un cœur ?

On arrive à la roulotte pour constater que le cheval a été attelé. C'est un mastodonte d'au moins une tonne et, sous sa robe brune, on voit saillir ses muscles puissants. Clara ne peut pas retenir une grimace de dégoût. M. Jolivet est en train d'expliquer les rudiments de conduite à papa :

– C'est vraiment très simple. Si vous voulez que Babar avance vous lui dites « Hue, Babar » en secouant les rênes. Pour l'arrêter vous dites « Ho, Babar » en tirant sur les rênes. Pour aller à droite vous tirez les rênes vers la droite et pour aller à gauche vous les tirez vers la gauche. Compris ?

– Compris, affirme papa.

– On va faire un essai.

Papa monte sur la banquette aménagée à l'avant de la roulotte. Il prend les rênes dans ses mains et crie :

– Hue, Babar !

Et Babar part.

Papa le fait slalomer entre les arbres du camping pendant quelques minutes sous les encouragements de M. Jolivet. Gauche-droite, droite-gauche. Il termine son périple devant nous en finissant par un « Ho, Babar » sonore qui arrête net le cheval.

– Parfait, le félicite M. Jolivet. On dirait que vous avez fait ça toute votre vie.

– C'est facile, se vante papa en levant fièrement son pouce vers le haut. Il est drôlement bien dressé !

N'y tenant plus, je demande :

– Je pourrai le conduire, moi aussi ?

– Pourquoi pas ? On verra plus tard, dit papa. Pour le moment, on range les affaires et on se met en route.

Une dizaine de minutes plus tard, nous sommes prêts. Mme Jolivet nous apporte une cagette remplie de légumes, d'un gros munster et d'une miche de pain qu'elle fabrique elle-même.

– C'est très gentil, la remercie maman.

– Je voulais ajouter des œufs, continue Mme Jolivet, mais les poules n'ont pas pondu cette nuit. C'est bizarre, normalement en cette saison, elles en pondent un par jour. En plus, il y en a une qui a disparu. Sûrement un renard.

Je regarde Clara qui m'adresse un clin d'œil. Nous pensons la même chose...

M. Schlork a dû rafler les œufs et la poule qui va avec ! Au moins, ils ne mourront pas de faim, lui et son chien.

Avant de crier « Hue Babar », papa s'adresse à Baptiste :

– Je compte sur toi pour réparer le tracteur.

– Pas de problème. Il sera comme neuf à votre retour !

Clara lui envoie un petit signe de la main et on part à la vitesse vertigineuse d'environ cinq kilomètres à l'heure.

J'ai une pensée pour M. Schlork. Peut-être qu'à cet instant il nous regarde partir ?

Pendant les deux premières heures, notre voyage se passe comme sur des roulettes. On avance à peine plus vite que des escargots mais on avance.

Tout à coup, Babar s'arrête en plein milieu du chemin sans que papa lui en donne l'ordre. Il crie plusieurs fois de suite « Hue Babar ».

Sans résultat.

Babar ne bouge plus le moindre sabot.

– Il est peut-être fatigué, ce cheval ? je suggère.

Papa laisse échapper une moue peu convaincue.

Maman propose qu'on mange le temps qu'il se repose, alors nous sortons le munster qu'on étale sur de grandes tranches de pain. Presque tous les fromages sentent mauvais. Le munster, lui, ne sent pas mauvais : il pue ! Mais lorsqu'on parvient à surmonter le dégoût résultant de son odeur, c'est vraiment délicieux.

Papa et moi, nous réussissons et on se régale.

Clara, elle, refuse catégoriquement.

– Pas question que je mange un truc qui sent autant des pieds ! Plutôt mourir !

Quant à maman, elle ne fait pas de commentaires et se contente de quelques carottes crues qui, selon elle, sont une source inépuisable de provitamine A. Lorsqu'elle ajoute que cela favorise le bronzage, Clara en mange aussi.

Notre repas champêtre est interrompu par Marie qui tend la main vers la roulotte en s'agitant comme un ver de terre. Nous tournons la tête dans un bel ensemble pour découvrir que notre attelage s'éloigne lentement mais sûrement. Babar a décidé de repartir !

Papa se dresse d'un bond et court. Il grimpe sur la banquette et tire les rênes en criant « Ho, Babar ! ». Il a beau répéter cet ordre une bonne dizaine de fois, Babar s'en fiche complètement et continue son petit bonhomme de chemin. Alors papa nous ordonne :

– Je n'arrive pas à l'arrêter ! Prenez les chaises et la table et fourrez-les dans la roulotte !

Clara et moi, on effectue aussitôt des allers et retours pour charger le matériel. L'allure de Babar n'est certes pas très rapide mais, au fur et à mesure qu'il avance, la distance à parcourir s'agrandit. Je prends la dernière chaise et je cours la tendre à Clara qui est remontée à l'intérieur de la roulotte.

– Il n'y a plus rien ? me demande maman.

– Non, c'est bon.

Je suis à peine remonté que Babar s'arrête à nouveau. Papa assure aussitôt :

– Je n'y suis pour rien. Ce cheval ne fait que ce qu'il veut !

Clara laisse échapper entre ses dents serrées :

– On n'est pas arrivés !

– Arrivés où ? j'ajoute, maussade.

– Bonne question ! Je commence à en avoir vraiment marre des idées à la noix de pa...

– Ça suffit, nous coupe maman. Arrêtez de vous plaindre !

On se tait mais on n'en pense pas moins. Les hue Babar de papa demeurent sans effet. Je dois avouer que je commence à en avoir par-dessus la tête. Je n'ai qu'une envie : rentrer au camping des Sept-Hameaux et finir les vacances tranquillement, sans tracteur, sans remorque et sans cheval.

Babar n'est pas de mon avis...

Barbare Babar

Tout à coup, la roulotte effectue un bond en avant et s'élance à toute vitesse sur le chemin. Babar s'est mis à galoper sans qu'on lui demande rien. Peut-être a-t-il envie de se dégourdir les jambes après ses longues pauses ?

Toujours est-il qu'il fonce à une allure grand V. La roulotte tangue dangereusement, les casseroles s'entrechoquent dans un vacarme incroyable. Une porte de placard s'ouvre…

Les verres et les assiettes qui s'y trouvent nous tombent dessus. Heureusement qu'ils sont en plastique ! Nous sommes brinquebalés de gauche à droite. Maman serre Marie avec un de ses bras tandis que, de l'autre, elle se cramponne à la clenche de la fenêtre.

Nous abordons un virage à gauche et la roulotte dérape, avant que son côté droit ne se soulève. Nous ne sommes plus que sur deux roues.

Nous passons quelques secondes interminables, collés contre la paroi gauche de la remorque avant de retomber sur nos quatre roues. Babar doit s'être assez défoulé, car il freine progressivement et s'arrête complètement.

Je tremble de partout, maman est blanche comme un linge, Clara descend pour vomir. Marie, elle, s'amuse beaucoup et elle paraît déçue que le manège ne continue pas.

Lorsque nous mettons pied à terre, c'est pour constater que papa ne se trouve plus sur la banquette. La panique revient avant qu'on entende sa voix quelques dizaines de mètres en arrière :

– Je me suis fait éjecter ! Mais c'est bon, je n'ai rien !

Il boite et se tient le bas du dos en remontant vers nous. Lorsqu'il arrive à notre hauteur, nous constatons que son visage est constellé de cloques rougeâtres.

– J'ai atterri dans les orties…

Clara éclate d'un rire nerveux et on l'imite à notre tour. Nous rions autant que nous avons eu peur. Quand le calme revient, maman déclare :

– Bon, les plaisanteries ont assez duré ! Ce cheval a failli tous nous tuer. On arrête là !

– Je suis d'accord, acquiesce papa. J'ai eu ma dose de sensations fortes, moi aussi. J'attache Babar à un arbre et vous retournez chercher monsieur Jolivet en vélo. J'attends ici. J'étrangle le premier qui me reparle d'un cheval ! Compris ?

– Qu'est-ce qui s'est passé ? je lui demande. Pourquoi Babar s'est-il emballé ?

– Il a eu peur du chien qui est passé entre ses jambes, répond papa.
– Du chien ? Quel chien ?
– Du maudit pot de colle qui accompagne monsieur Schlork partout, évidemment !

Tiens, tiens ! M. Schlork nous a donc suivis. Décidément, il semble apprécier notre compagnie…

Nous enfourchons les vélos direction les Sept-Hameaux. Je trouve M. Jolivet dans un pré en train de faucher. Je lui explique la situation et il retourne chercher papa avec la vieille fourgonnette de la ferme.

Deux heures plus tard, ils sont de retour : papa au volant de la fourgonnette et M. Jolivet aux rênes de Babar qui lui obéit au doigt et à l'œil. Il le remet au pré et quand il revient, il déclare :

– Je ne comprends pas ce qui s'est passé. Babar est pourtant très obéissant d'habitude.

– Il faut croire que je ne suis pas doué avec les chevaux, conclut papa. Je dois leur envoyer des ondes négatives.

M. Jolivet sourit.

– Pour me faire pardonner, je vous invite à manger avec nous ce soir ! Vingt heures, ça vous va ?

Et il repart faucher son pré. Papa me propose :

– Tu m'accompagnes ? Je voudrais voir où en est Baptiste avec notre sacré Teuf-Teuf.

– D'accord.

– Je viens avec vous, annonce Clara.

– Tu t'intéresses à la mécanique ? lui demande papa d'un ton innocent.

Je ne peux pas m'empêcher d'intervenir à mon tour :

– Je crois plutôt qu'elle s'intéresse aux mécaniciens !

Papa sourit et Clara hausse les épaules en marmonnant :

– N'importe quoi !

Le sourire de papa se transforme en grimace quand nous entrons dans le local où se trouve le Teuf-Teuf. Il faut avouer qu'il y a de quoi être inquiet devant l'étendue du spectacle et je comprends que papa se mette brusquement à souffler par les narines.

Notre pauvre Teuf-Teuf est posé sur quatre cales de bois qui le maintiennent en hauteur. Entre les roues arrière et les roues avant, il n'y a plus que du vide. L'espace qui a été autrefois occupé par le moteur est plus désert que le Sahara.

Je regarde papa qui contemple le désastre, la bouche grande ouverte. Je crois qu'il va se mettre à pleurer.

Mon regard se pose ensuite sur le sol où gisent dans un désordre indescriptible un tas d'engrenages, de courroies, de ressorts, d'écrous et de boulons. Une vache de M. Jolivet n'y retrouverait pas son veau !

Sous le tracteur, ou plutôt sous ce qu'il en reste, s'étend une immense flaque d'huile.

La tête de Baptiste apparaît à côté d'une roue arrière. Son visage est aussi noir que s'il s'était lavé avec du charbon de bois et je vois bien, à la moue dégoûtée de Clara, qu'elle le trouve beaucoup moins beau que lors de leurs précédentes rencontres.

Papa bégaie :

– Que… que… que…

– Ne vous inquiétez pas, monsieur, tente de le rassurer Baptiste le Crasseux. J'ai trouvé la panne.

– Que… que… que…

Baptiste le Graisseux reprend :

– Tout sera remonté demain soir. Je vous le promets. Votre engin tournera comme une horloge.

Je me retiens de lui dire qu'on préférerait qu'il tourne comme un tracteur.

Papa répète une dernière fois que... que... que... et nous retournons à la roulotte. Maman tente de remonter le moral de papa et nous partons faire une balade qui est censée l'éloigner du lieu de la tragédie. Papa ne desserre pas les dents durant la promenade, ne pensant qu'à la carcasse martyrisée de son pauvre tracteur.

Vers dix-neuf heures, lorsque nous rentrons au camping, papa retrouve un peu de couleurs quand il constate que le remontage du tracteur a très légèrement avancé.

Il réussit même à prononcer une phrase courte mais entière :

– Je garde l'espoir.

Pendant le repas, on rit beaucoup en racontant nos mésaventures de l'après-midi, surtout quand papa explique son vol plané incontrôlé dans les orties et notre course-poursuite après la roulotte avec les chaises et la table.

Papa semble avoir oublié que son Teuf-Teuf gît en pièces détachées dans la grange voisine. Vers la fin de la soirée, M. Jolivet nous propose :

— Il y a pas mal d'endroits intéressants à visiter par ici. Si vous voulez, demain, je vous prête ma voiture.

Je me demande si son auto est aussi surprenante que son cheval. Je n'ai qu'une seule envie : rester la journée entière au camping et traîner dans les environs. Peut-être que j'apercevrai M. Schlork ?

Maman décline son offre.

— C'est très gentil à vous mais je crois que nous avons grand besoin de nous poser quelque temps afin de nous remettre de nos émotions.

Bravo, maman !

Le lendemain, dès mon réveil, je pars à la recherche de M. Schlork. Sans résultat. Pas la moindre trace de sa présence ni de celle de son chien. L'après-midi, nous prenons les vélos et nous allons visiter une scierie à quelques kilomètres. Ensuite, comme il fait très chaud, nous nous baignons dans le petit étang. C'est très chouette.

Baptiste le Plus Noir que Jamais nous rejoint à dix-huit heures, un sourire triomphal aux lèvres.

– Ça y est ! J'ai terminé !

Super Schlork

Le temps de nous habiller et nous partons en procession vers notre Teuf-Teuf qui a effectivement retrouvé ses formes habituelles.

Baptiste le Sombre grimpe sur le siège et appuie sur le démarreur.

Il y a un bruit de pétard mouillé et une étincelle a jailli du moteur. L'étincelle se change en flammèche qui se change en flamme qui se change en feu.

Une épaisse fumée noire envahit le local et Black Baptiste, qu'on ne voit plus derrière le rideau de fumée et de feu, crie :

– Sauvez-vous ! Vite !

Nous évacuons les lieux en quatrième vitesse et nous nous retrouvons dehors, toussant en chœur. Une fumée de plus en plus noire sort par l'ouverture du local. Clara hurle :

– Baptiste est encore à l'intérieur !

La panique se dessine sur les visages. Nous n'avons pas le temps de réagir car M. Schlork arrive en courant et se jette dans la fumée et les flammes. Il en ressort quelques secondes plus tard portant Baptiste inanimé à bout de bras.

M. Schlork est dans un état pitoyable. Une partie de ses cheveux a brûlé et la presque totalité de ses vêtements ont été calcinés par les flammes. Il allonge Baptiste dans l'herbe et maman se précipite pour lui tapoter les joues. L'apprenti mécano finit par ouvrir les yeux et il murmure entre deux quintes de toux :

– Je crois que je vais changer de métier...

Il n'a pas le temps de s'étendre sur son futur projet professionnel, car le hangar explose. Les murs et le toit voltigent dans l'air avant de retomber, rougeoyants, autour de nous. Personne, heureusement, n'est touché.

Quand M. Jolivet arrive avec un tonneau rempli d'eau, il est trop tard. Le hangar est déjà largement consumé et il ne cherche même pas à arroser les restes calcinés. Il dit à papa :
– Je suis désolé pour votre tracteur.
Papa lui répond :
– Je suis désolé pour votre hangar.

Le désastre qui s'étale devant nous est digne des meilleures images d'un film de guerre. Les planches se consument autour du Teuf-Teuf dont les pneus fondent doucement dans une fumée plus noire que la cape de Zorro.

Nous restons une dizaine de minutes, assis dans l'herbe, à contempler en silence ce barbecue involontaire. Et puis, alertés par on ne sait qui, les gendarmes arrivent. La même paire qu'hier.

Je me demande pourquoi les gendarmes vont par paire comme les chaussures ou les gants. Je poserais bien la question mais ce n'est pas le moment ni l'endroit. À leur arrivée, Schlork disparaît sans demander son reste.

– Que s'est-il passé, Joseph ? questionne l'adjudant Telier.

Il s'adresse à M. Jolivet mais c'est Baptiste le Maladroit qui lui répond :

– Tout est ma faute, chef.

Il se lance dans une longue explication que les deux gendarmes écoutent avec attention. Quand il a terminé, l'adjudant se tourne vers M. Jolivet :

– Bon. Je suppose que tu ne portes pas plainte contre ton neveu alors l'affaire est close. Si tu as besoin de nous pour la déclaration à l'assurance, n'hésite pas.

Ils s'apprêtent à regagner gentiment leur camionnette quand Baptiste l'Incapable lâche :

– Je me demande où est le type qui m'a sauvé.

Les oreilles du brigadier se dressent.

– Comment ça ? De qui parles-tu ?

– De l'homme qui m'a sorti du hangar en flammes.

– Mais oui ! C'est vrai ça ! Où est-il passé ce brave type ? dit M. Jolivet. Je n'ai même pas eu le temps de le remercier !

Les sourcils du brigadier forment deux accents circonflexes.

– De qui parlez-vous, enfin ?

Baptiste l'Inefficace montre du doigt notre roulotte.

– Je l'ai vu s'éloigner par là ! Un géant d'environ deux mètres avec les cheveux très courts et les oreilles décollées.

– Bon sang ! comprend l'adjudant. C'est Gabriel !

À cet instant, je suis dans une rogne noire contre Baptiste. Je crois que si je pesais trente kilos de plus, je lui donnerais volontiers quelques claques. Et pas pour le sortir de son évanouissement !

Les gendarmes partent dans la direction indiquée par Baptiste et nous les suivons. Connaissant la facilité de M. Schlork à disparaître, je ne me fais pas trop de soucis. Il doit être déjà loin.

De plus, pas question que je leur montre les empreintes que j'ai découvertes dans le marécage. Clara ne dira rien non plus. J'en suis persuadé.

Malheureusement, les choses ne se passent pas comme je l'ai prévu. Une centaine de mètres plus loin, nous apercevons le chien qui lèche tendrement le visage d'un M. Schlork allongé sur le dos.

On se précipite vers eux. M. Schlork n'a pas perdu connaissance mais il a du mal à respirer. Ses poumons bruissent comme un ventilateur et son regard paraît encore plus vide que d'habitude.

– Il a inhalé trop de fumée! déclare l'adjudant. Il faut vite le mettre sous oxygène!

Puis se tournant vers son collègue, il lui ordonne :

– Appelle les pompiers !

L'ambulance arrive une dizaine de minutes plus tard.

Les pompiers mettent un masque sur le visage de M. Schlork et le montent dans le véhicule de secours qui part à grands coups de gyrophare, suivi de très près par le chien. Ils disparaissent sur la route.

Tout le monde regagne en silence le campement sauf moi qui reste sur place. Mes jambes ne peuvent plus me porter.

Je m'assieds par terre et je commence à pleurer. Les larmes coulent en ruisseau le long de mes joues sans que je puisse les arrêter. Après quelques jours à l'hôpital, on ramènera M. Schlork dans sa clinique psychiatrique où il recommencera à tourner en rond. Quelle injustice!

La surprise

Après le départ de l'ambulance, nous aidons Joseph à nettoyer les restes de l'incendie et comme papa se sent un peu coupable – c'est son Teuf-Teuf qui a mis le feu – il lui propose :

– Voulez-vous que je vous dessine des plans pour un nouveau hangar ? Je ne vous l'ai pas dit mais quand je ne me promène pas en tracteur ou à cheval, je suis architecte.

– Volontiers ! lui affirme Joseph. Et tant que nous y sommes, si on passait au tutoiement. Ce serait plus sympa, non ?

– Si tu veux, accepte papa. Bon. Je vais devoir travailler à l'ancienne, sans mes logiciels. Il me faudrait des feuilles blanches, une grande règle et un crayon de papier. Je suppose que tu as ça ?

– Pas de problème. Viens. Tu t'installeras dans mon bureau.

– Je peux te donner un coup de main ? demande Baptiste à papa.

Il refuse gentiment :

– Non merci, Baptiste. C'est un travail solitaire. Il vaut mieux que tu continues à débarrasser les restes du hangar.

– Dommage ! se désole Baptiste. Architecte, ça doit être pas mal comme métier.

– Bon, moi il faut que j'aille traire mes vaches. Elles doivent s'impatienter, décrète Joseph.

Je l'accompagne. Sur le chemin de la salle de traite, je sens les larmes qui pointent à nouveau sous mes paupières. J'essaie de les retenir mais pas moyen. Elles dévalent le long de mes joues. Joseph s'accroupit devant moi et me pose ses deux grosses mains sur les épaules :

– Eh bien, mon petit Jules, ne pleure pas comme ça. Ce n'est pas si grave. Finalement, personne n'a été blessé.

J'essaie de ravaler mes sanglots tandis qu'il continue :

– Je sais bien que cela te fait beaucoup de peine d'avoir perdu le tracteur mais…

Je réussis enfin à prendre le dessus sur la fontaine qui coule de mes yeux et je les essuie avec ma manche.

– Le tracteur ? Je m'en fiche du tracteur ! C'est pour monsieur Schlork que j'ai de la peine.

Alors, je lui raconte l'histoire depuis le début : la nuit où il a remis la roulotte en place, son séjour sur notre toit, la fois où il a sauvé notre attelage au passage à niveau, son enfance dans une ferme et, enfin, la disparition de ses parents et son internement à la clinique.

Joseph m'écoute attentivement en hochant la tête de temps à autre et cela me procure un soulagement immense de lui parler.

Quand j'ai terminé, il conclut dans un sourire un peu amer :

– Eh oui, la vie joue parfois de sales tours à certaines personnes. Ce n'est pas une raison pour se résigner et, après les larmes, on doit reconstruire.

Papa passe la matinée du lendemain à tracer les plans du hangar. Lui aussi en a gros sur le cœur à cause de son tracteur disparu, mais il noie sa tristesse dans le travail. Il présente les plans à Joseph qui est ravi.

— Cet après-midi, il faudrait aller à la scierie commander le bois pour le nouveau hangar, déclare-t-il. Pourrais-tu t'y rendre ? Pour moi, c'est impossible, j'ai un rendez-vous.

En prononçant les mots rendez-vous, Joseph m'adresse un clin d'œil mystérieux.

— Pas de problème, accepte papa. Nous irons en famille.

En fin d'après-midi, lorsque nous rentrons, un invité imprévu nous attend près de la roulotte : le chien pot de colle est réapparu.

Joseph prétend qu'il a dû perdre la trace de l'ambulance et que, comme il ne savait pas où aller, il est revenu à la ferme. Il dit aussi que cela ne le dérange pas, qu'il y a bien assez de place aux Sept-Hameaux pour l'accueillir.

Le soir, assis dans l'herbe autour du feu que Joseph a allumé avec les restes du hangar, nous faisons griller des tranches de lard fumé.

C'est délicieux, je crois que je n'ai jamais rien mangé d'aussi bon.

Je m'empiffre, au grand désespoir de maman qui aurait préféré qu'on grille des algues. Le chien se régale aussi car il récupère les couennes. J'avale mon dernier morceau quand Joseph sort une guitare de son étui. Il nous chante des chansons de sa jeunesse. Une d'entre elles me plaît beaucoup, une histoire de maison bleue à San Francisco. Baptiste déclare :

– C'est génial, la chanson ! Je crois que je vais me diriger vers ce nouveau métier.

Il s'empare de la guitare et frotte quelques cordes, le temps d'en casser une. Pendant qu'il range la guitare, Joseph m'adresse un clin d'œil :

– J'ai une surprise pour toi, mon petit Jules. Ne bouge pas d'ici !

Une surprise pour moi ? Il regagne la ferme et revient quelques instants plus tard avec une surprise de taille puisqu'elle mesure environ deux mètres et qu'elle a les oreilles décollées.

M. Schlork ! Joseph a ramené M. Schlork ! Je ne cherche pas à comprendre le pourquoi ni le comment et je saute dans les bras de Gabriel. Il me soulève au-dessus de lui comme si je ne pesais pas plus lourd que le cerveau de Baptiste. Vu de là-haut, le monde est bien joli.

Gabriel me repose à terre et Joseph nous explique :

– Voilà. Après avoir parlé avec Jules, ou plutôt après que Jules m'a parlé, je me suis dit que je pouvais peut-être faire quelque chose. Cet après-midi, j'ai rencontré le médecin chef de la clinique des Acacias. Nous avons eu une longue discussion et nous sommes finalement tombés d'accord. Il serait sûrement préférable que Gabriel vienne travailler avec moi à la ferme. Il s'y sentira beaucoup mieux qu'à la clinique où, le médecin l'a reconnu, il est malheureux comme une pierre. Pour l'instant, ce n'est que provisoire. Une sorte de mise à l'essai. Le médecin passera de temps en temps voir Gabriel. S'il va bien, il lui accordera le droit de rester ici définitivement.

— Mais c'est génial ! crie Clara.

Et elle attrape Gabriel par le bras pour entamer une danse avec lui. Surpris, il finit par suivre la cadence et claironne à l'envi des « schlork » joyeux. Le chien tourne autour d'eux en aboyant tandis que nous frappons dans nos mains.

La semaine suivante, nous bâtissons le nouveau hangar de Joseph. Gabriel manipule les énormes poutres que je n'arrive même pas à bouger lorsqu'elles sont au sol. Une vraie force de la nature.

Gabriel semble heureux et, quand nous ne travaillons pas, il se promène dans les champs avec son chien sur les talons. Il reste quelquefois de longues minutes, un grand sourire fendant son visage, les deux mains sur le volant d'un tracteur à l'arrêt.

Baptiste, et donc Clara, travaillent avec nous.

– C'est génial, la menuiserie ! claironne-t-il. Je crois que je vais me diriger vers ce nouveau métier.

Sa phrase à peine terminée, il s'écrase le doigt avec son marteau.

Le retour de la poulette russe

Le grand soir est revenu. Dans quelques minutes, on va savoir. Nous sommes tous les cinq assis autour de la table ronde du salon. C'est encore là que se déroule la séance annuelle de poulette russe.

Papa affiche toujours cet air sûr de lui qui m'énerve. Qu'est-ce qu'il croit ? Qu'il va encore gagner, comme les quatre années précédentes ?

La partie commence enfin. Clara et maman sont éliminées en quelques coups de poire bien dosés. Il me reste deux pions. Papa n'en a plus qu'un seul. C'est à moi de jouer et si je me débrouille comme il faut…

Juste avant d'appuyer sur la poire, l'image de Gabriel souriant au volant du tracteur me revient. Aux dernières nouvelles, tout se passe pour le mieux. Gabriel est heureux de travailler avec Joseph à la ferme. Quant à Joseph, il est content de son nouvel ouvrier agricole.

Le chien, lui, est ravi de passer de longues heures en leur compagnie. Que demander de plus à part une victoire à la poulette russe ?

Je presse la poire. La flèche tourne et s'arrête en face du pion de papa. J'ai gagné ! Je déplie mon papier pour le montrer à l'assemblée. Papa se met à rire aux éclats et déplie le sien. Maman et Clara en font autant en riant de plus belle. Marie, nous voyant si joyeux, se joint à nous.

Les quatre propositions sont étalées sur la table. Elles indiquent toutes la même destination : « Retourner au camping des Sept-Hameaux. »

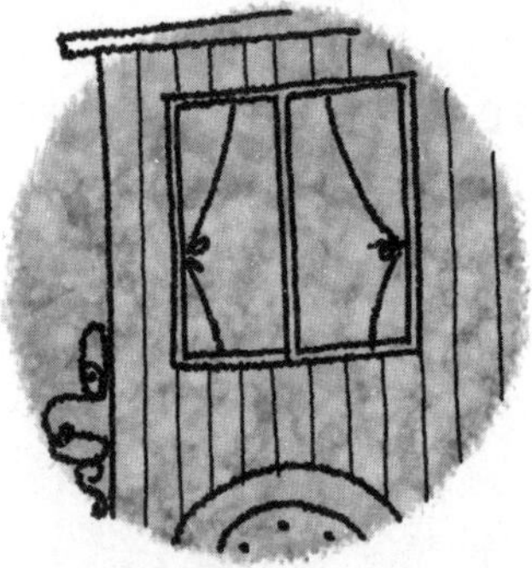

TABLE DES MATIÈRES

La poulette russe 7
Mister Teuf-Teuf 21
En route mauvaise troupe 33
Douce nuit 47
Un petit-déjeuner royal 57
La famille s'agrandit 71
Monsieur Schlork 81
Les Sept-Hameaux 93
Un cheval nommé Babar 107
Barbare Babar 121
Super Schlork 133
La surprise 143
Le retour de la poulette russe 153

☁ L'AUTEUR

Gilles Fresse est né dans une petite ville des Vosges en 1960. Il y a passé son enfance parmi les sapins.

Instituteur et comédien amateur, il crée voici quelques années un atelier théâtral pour enfants. Il écrit alors des pièces qu'il met en scène. Touché par le virus de l'écriture, il aime écrire des romans drôles et haletants.

Marié et père de deux enfants, il vit dans un petit village lorrain riche en vieilles pierres. Il partage son temps entre l'écriture, le théâtre et… l'école.